Un Rapport

de

M. le Docteur A. Balestre

TYPOGRAPHIE - LITHOGRAPHIE Ph. GANDINI
7, Rue Gubernatis, 7
NICE

Un Rapport

de

M. le Docteur A. Balestre

TYPOGRAPHIE-LITHOGRAPHIE Ed. GANDINI
7, Rue Gubernatis, 7
NICE

Exposé des faits relatifs à un cas de basiotripsie

Le 10 Août 1912, vers 10 heures du soir, M. le Dr Barnathan m'a fait demander d'urgence auprès de Mme D..., en travail, demeurant au Ray. Auprès d'elle se trouvait déjà Mlle Faraut, sage-femme. Je m'y suis rendu immédiatement en apportant avec moi non seulement tous les instruments nécessaires pour un accouchement même compliqué, mais aussi les objets de pansements stérilisés et les médicaments d'extrême urgence.

Dès mon arrivée auprès de la parturiente, pensant pouvoir la délivrer chez elle, je me suis préoccupé, avant même de procéder à son examen, d'avoir l'eau stérilisée qui me manquait pour faire aseptiquement mes manœuvres obstétricales éventuelles. Sachant, sauf erreur de ma part, qu'il n'y a que trois pharmacies à Nice tenant des bidons d'eau stérilisée à l'autoclave, et voulant éviter des recherches infructueuses dans la nuit, j'avais indiqué l'une d'elles, la pharmacie Nicolas, à la famille, mettant même ma voiture à sa disposition. L'eau stérilisée m'a été apportée une demi-heure après au domicile de la patiente. C'est là, la seule dépense de pharmacie que j'imposai, soit dix francs.

Après examen, devant la complexité du cas, je renonçai à toute application de forceps à domicile et je fis entendre au mari qu'il fallait transporter la malade dans un milieu hospitalier. M. D... repoussa formellement l'idée d'une admission d'urgence, gratuite, à l'hôpital, et, sur mon observation qu'une opération dans une clinique payante entraîne toujours des frais élevés, il me répondit qu'il était disposé à tous les sacrifices pour sauver la vie de sa femme. Or, il n'existe à Nice, tout au moins à ma connaissance, que quatre cliniques payantes, où les médecins traitants peuvent opérer leurs malades. Ce sont : l'hôpital de la Croix, la clinique des Dames Augustines, la clinique Sainte-Marguerite et la villa Thérèse. Sachant que les deux premières refusent d'admettre des cas obstétricaux, et mon choix se trouvant limité entre les deux dernières, dont les prix sont sensiblement les mêmes, j'avais conseillé la clinique Sainte-Marguerite, ayant l'habitude d'y adresser mes cas opératoires.

La patiente fut transportée séance tenante à la clinique, dans mon automobile. Là, après désinfection vulvo-vaginale, je procédai à mes deux seules applications de forceps, qui demeurèrent sans résultat. M. le Dr Barnathan revint à la charge à son tour par deux fois ; même insuccès. Je me rendis compte alors qu'il fallait renoncer à délivrer la parturiente avec le forceps, non pas à cause d'une dystocie par viciation pelvienne, mais par suite du volume excessif de la tête fœtale. J'essayai de repousser la tête afin de tenter une version par manœuvres internes ; ce fut en vain. Il paraissait dès lors rationnel, la symphiséotomie étant une opération de plus en plus délaissée, de pratiquer une césarienne. Mais nous penchâmes vers la basiotripsie, la viabilité du fœtus nous paraissant problématique. Cependant, l'enfant étant encore vivant, un avis supplémentaire n'était pas excessif ; quoiqu'en paraisse penser M. le Dr Balestre, on ne saurait s'entourer de trop de garanties lorsqu'il s'agit de supprimer une vie fœtale. M. le Dr Malaussène fut appelé à 1 h. 1/2 du matin. Nouvelles et infructueuses applications de forceps de sa part ; devant cet insuccès, il me confirma dans mon opinion qu'une basiotripsie s'imposait. Vers 5 heures du matin je constatai que les contractions utérines s'étaient arrêtées, la malade venait de subir plusieurs interventions sans résultat, elle avait besoin de repos. Nous décidâmes de remettre l'opération à quelques heures plus tard.

A mon retour, vers 9 heures du matin, les bruits du cœur du fœtus avaient cessé. M. le Dr Malaussène n'ayant pu venir, seul M. le Dr Barnathan était avec moi ; la sage-femme nous avait précédés. Je pensai qu'une opération aussi grave que celle qui allait être pratiquée comportait l'intervention d'un aide direct. La sage-femme aurait suffi comme aide, affirme M. le Dr Balestre avec la belle assurance de celui qui n'a probablement jamais été obligé de surmonter des difficultés semblables. Je suis le premier à reconnaître le dévouement de Mlle Faraut, mais je demande à mes collègues du corps médical si vraiment, dans un cas comme celui-là, je suis blâmable d'avoir voulu être assisté d'un confrère. M. le D^r De Giovanni voulut bien se charger de la chloroformisation, M. le Dr Barnathan et moi nous occupant de l'opération proprement dite. Vers 10 heures du matin je pratiquai la basiotripsie. L'opération fut laborieuse par suite du volume excessif et de l'ossification de la tête fœtale ; je fus obligé d'extraire, par une application de forceps, la tête insuffisamment écrasée, la base du crâne résistant au basiotribe de Tarnier. M. Parodi, qui avait la direction de la clinique en l'absence de M. Fosse, et qui pesa le fœtus, nous affirma, plus tard, que son poids était d'environ 7 kilos. Afin de m'entourer de toutes les garanties d'une asepsie parfaite, j'employai pour le temps de la basiotripsie des gants de Chaput bouillis, et, une fois l'intervention terminée, je pratiquai, après une large irrigation vaginale et désinfection vulvo-vaginale à la teinture d'iode, la délivrance artificielle avec une deuxième paire de gants. Je terminai par une injection intra-utérine à la solution iodo-iodurée de Tarnier. La température, qui était très élevée, devint presque normale le soir de l'opération et le pouls subit les mêmes changements. J'ai su, par la suite, que l'opérée, complètement guérie, avait quitté la maison de santé une semaine après l'intervention.

Je me chargeai, selon un usage courant, d'adresser à M. D... une note d'honoraires collective dont voici le duplicata fidèle :

Mes honoraires pour une basiotripsie et une délivrance artificielle, ainsi que pour les soins préopératoires Fr. 400 »

Honoraires de M. le Dr Malaussène pour une consultation dans la nuit...

Honoraires de M. le Dr Barnathan et de Mlle Faraut, sage-femme. pour leur assistance opératoire et les soins préopératoires ....

Honoraires de M. le D^r De Giovanni pour la chloroformisation.. Fr. 400 »

Total...... Fr. 800 »

Reçu acompte... Fr. 200 »

Reste dû........ Fr. 600 »

Cette note collective est donc très explicite, elle comprend, indépendamment de mes honoraires, ceux de mes confrères et de la sage-femme pour les soins donnés à la malade, mais uniquement pendant leur collaboration avec moi.

Tout ce qui a été payé par M. D..., soit à M. le Dr Barnathan soit à Mlle Faraut, concernait des soins autres que ceux-là. Et, quoique M. le Dr Balestre, avec une impartialité qui me touche, veuille faire croire que je dirige à ma volonté les dépositions des témoins, M. le Dr Barnathan et Mlle Faraut ont confirmé ma façon de voir, d'ailleurs toute naturelle.

Sur l'acompte de 200 francs que j'avais touché, j'avais remis 100 francs à mon confrère M. le Dr Barnathan, l'informant que j'avais estimé à 200 francs sa collaboration.

En résumé, de par la volonté de M. l'expert Balestre, grâce à son rapport :

1° M. le Dr Barnathan n'a eu que 100 francs pour ses applications de forceps à la clinique, pour avoir assisté à deux consultations dans la nuit, pour avoir veillé auprès de la malade de 10 heures du soir à 5 heures du matin, et pour avoir été mon assistant principal pendant une basiotripsie ;

2° Mlle Faraut n'a rien touché pour avoir veillé de 10 heures du soir à 5 heures du matin, et pour son assistance opératoire pendant une basiotripsie ;

3° M. le Dr Adrien Malaussène n'a rien eu non plus pour ses applications de forceps, pour sa consultation dans la nuit, et pour avoir veillé auprès de la malade de 1 h. 1/2 à 5 heures du matin ;

4° M. le Dr de Giovanni n'a également rien touché pour la chloroformisation pendant la basiotripsie.

Il est vrai que, pour se justifier de cette large générosité qui s'exerce aux dépens de ses confrères, M. le Dr Balestre certifie que M. le Dr de Giovanni n'aurait rien voulu ; pour un peu il ajouterait que M. le Dr de Giovanni n'exerce la médecine que pour l'art.

5° Personnellement, enfin, je n'ai eu que 100 francs qui, d'après l'expert, suffisent à m'honorer des applications de forceps, de la tentative de version par manœuvres internes, d'avoir assisté à deux consultations dans la nuit, d'avoir veillé auprès de la malade de 10 heures du soir à 5 heures du matin, d'avoir pratiqué avec succès une basiotripsie sur un fœtus de près de 7 kilos et une délivrance artificielle, d'avoir enfin, à plusieurs reprises, revu la malade après son opération.

Lorsque j'envoyai mon mémoire d'honoraires, M. D... m'avait été présenté, sinon comme une personne riche, tout au moins comme étant dans une aisance relative, et ce fait semble d'ailleurs confirmé, puisque M. D... a pu payer intégralement et immédiatement la maison de santé et nous verser des acomptes sans en paraître gêné. Toutefois, s'il avait invoqué sa modeste situation de fortune, je ne l'aurais pas poursuivi. Mais M. D... se borna à un refus catégorique et sans raison.

Plus tard, il prétendit même que M. Parodi lui aurait affirmé que les docteurs, adressant des malades à la clinique, touchent habituellement des commissions. Et M. D... de conclure : « Je « ne vous dois donc plus rien ; vous autres, les médecins, vous « avez suffisamment touché ». Indigné de pareilles allégations je persistai dans mes poursuites, l'affaire suivit son cours, le Juge de Paix nomma expert M. le Dr Balestre, afin de vérifier uniquement ma note d'honoraires, et c'est M. le Dr Balestre qui, pour remplir cette mission cependant bien précise, s'est fait l'écho bienveillant de ces racontars qu'il aurait dû être le premier à repousser énergiquement. **Je publie ce Rapport in-extenso, sans omission, transposition ou modification quelconque,** présentant en même temps, mais en caractères différents, les réflexions qu'il me suggère.

(Signé) : Dr SCEMAMA.

RAPPORT D'EXPERTISE

Affaire Scemama contre D...

Extrait des minutes du Greffe de la Justice de Paix du canton Ouest de la ville de Nice, arrondissement de Nice, département des Alpes-Maritimes.

Rapport d'Expertise déposé au Greffe de la Justice de Paix du canton Ouest de Nice par Monsieur le Docteur Balestre, et dressé par ce dernier dans l'affaire : Docteur Scemama contre D., demeurant tous deux à Nice.

RAPPORT D'EXPERTISE

Je, soussigné, Albert Balestre, Docteur en Médecine, domicilié et demeurant à Nice. Nommé expert par ordonnance de Monsieur le Juge de Paix du canton Nice-Ouest, en date du onze novembre mil neuf cent douze, avec mission d'examiner la note d'honoraires présentée par Monsieur le Docteur Scemama au sieur D., de donner mon avis sur le montant du dit compte en m'entourant de tous renseignements, dispensé du serment.

Ai réuni les parties dans mon cabinet le six et le treize décembre.

Etaient présents. Le six : Monsieur le Docteur Scemama, assisté de M⁰ Foignet, avocat ; Monsieur le Docteur Barnathan ; Monsieur D., assisté de Mᵉ Allongue, avocat. Le treize : Monsieur le Docteur Scemama et Mᵉ Foignet ; Monsieur D. ; Monsieur Fosse et son beau-frère Parodi et Mademoiselle Faraut, sage-femme.

Des explications qui me furent données, résultent les faits suivants :

EXPOSÉ DES FAITS

Madame D., demeurant au Ray, propriété du Comte d'A., était arrivé au terme de sa septième grossesse.

Au moment où le travail de l'accouchement commença, elle fit appeler Mademoiselle Faraut, sage-femme, demeurant à Nice, rue d'Amérique. Celle-ci se rendit chez elle, le neuf août à dix heures du matin. Elle passa la journée auprès de la patiente et, le soir, inquiète sur la durée du travail, elle jugea l'intervention d'un docteur nécessaire et elle fit appeler Monsieur le Docteur Barnathan, qui demeure 22, Avenue Malausséna.

Celui-ci vint vers huit ou neuf heures du soir. Il appliqua trois fois le forceps et, ne pouvant terminer l'accouchement, il envoya chercher Monsieur le Docteur Scemama qui demeure 26, Avenue Notre-Dame.

Celui-ci se rendit de suite à cet appel et arriva vers onze heures du soir. Il essaya une nouvelle application du forceps, (1) mais inutilement.

(1) Je relève deux erreurs de l'expert : 1° Je suis arrivé vers dix heures du soir. 2° Je n'ai fait aucune application de forceps chez la malade.

Jugeant alors qu'une intervention plus grave s'imposait et qu'elle serait périlleuse dans l'habitation de la malade où l'asepsie était impossible, il déclara qu'il fallait de suite la transporter dans un milieu hospitalier. La famille accepta et le Docteur Scemama transporta la malade dans son automobile à la Clinique Sainte-Marguerite, dirigée par Monsieur Fosse.

Le mari, le Docteur Barnathan et la sage-femme suivirent.

Dès l'arrivée à la Clinique, Monsieur le Docteur Scemama fit sans succès une nouvelle application de forceps, (2) c'était la cinquième, il jugea qu'une basiotripsie

(2) C'était ma première, suivie bientôt d'une seconde.

était nécessaire, mais ayant scrupule de broyer le crâne d'un enfant encore vivant, il demanda une consultation ; le Docteur Adrien Malaussène fut appelé, il vint vers une heure du matin, on (3) fit de nouvelles tentatives et finalement, vers trois

(3) M. le Dr Balestre n'est pas partisan des précisions. « On » c'était tout simplement M. le Dr Malaussène qui, avant de se prononcer sur la nécessité de la basiotripsie, avait voulu s'assurer par lui-même qu'elle était vraiment inévitable.

heures et demie ou quatre heures du matin, tout le monde se retira. (4)

(4) C'est vers cinq heures du matin que nous nous sommes retirés ; j'ai indiqué dans mon exposé les motifs qui nous ont décidés à surseoir.

On se retrouva le lendemain matin vers neuf heures, sauf Monsieur le Docteur Malaussène qui ne put revenir, et on se décida à pratiquer la céphalotripsie inévitable.

L'opération commencée vers dix heures se termina vers midi.

Au moment de faire l'opération, Monsieur le Docteur Malaussène ne pouvant venir, on pria Monsieur le Docteur De Giovanni de se charger de donner le chloroforme, et c'est ce médecin qui a fait l'anesthésie; elle a été très longue et très délicate à conduire. (5)

(5) C'est exact. Mais quant aux difficultés opératoires, M. le Dr Balestre, avec une impartialité qui ne manquera pas de frapper tous mes confrères, n'en souffle mot.

Pendant l'opération, Monsieur Barnathan était l'assistant principal; Mademoiselle Faraut avait un rôle secondaire. Monsieur Parodi et deux infirmières tenaient la malade.

Deux piqûres d'huile camphrée furent faites au cours de l'anesthésie, l'une par Monsieur Parodi, l'autre par Monsieur le Docteur De Giovanni.

L'enfant était fort volumineux; quand le crâne eut été broyé, il fallut encore appliquer le forceps pour l'extraire.

Une infirmière dit à D..., qu'elle l'avait pesé et constaté un poids de quatre kilos et demi; (6) mais Monsieur le Docteur Scemama s'élève contre cette affirma-

(6) Au sujet du poids de l'enfant, M. le Dr Balestre met en opposition avec la mienne l'affirmation d'une infirmière anonyme, qu'il n'a ni convoquée ni entendue, qui aurait dit à M. D..., lequel le répète à son tour à M. le Dr Balestre, que l'enfant pesait quatre kilos et demi. L'expert le consigne complaisamment dans son rapport, et il passe sous silence le dire de M. Parodi, entendu à l'expertise ; celui-ci assure, et il était à l'opération, que l'enfant atteignait environ sept kilos, que lui-même l'avait pesé. J'ai eu la curiosité, quant à moi, d'interroger cette infirmière, Mme Villars Maria, actuellement encore à la clinique. Mme Villars n'avait pas assisté à la pesée, mais ayant entendu dire par M. Parodi que l'enfant atteignait près de sept kilos, elle avait trouvé ce poids correspondant au volume du fœtus. Elle en avait parlé à M. D..., lui répétant simplement les constatations de M. Parodi.

tion, et dit que l'enfant était monstrueux, qu'il semblait un enfant de deux mois, (7)

(7) J'ai dit que le fœtus pesait près de sept kilos, et que ce poids correspondait à celui d'un nourrisson de six à sept mois.

et qu'il pesait peut-être huit kilos, certainement sept. Un pareil poids, chez un nouveau-né est une très rare exception ; il correspond au poids moyen d'un enfant de sept à huit mois. .

Je fais donc des réserves, mais il est certain que l'accouchement (8) de Madame D..., fut extrêmement difficile.

(8) Il y a là une petite impropriété de termes ; une basiotripsie n'est pas, que je sache, un accouchement.

Les suites de couches furent heureuses ; le thermomètre était monté pendant l'accouchement ; après la délivrance toute élévation de température cessa. Au bout de sept jours la patiente quitta la clinique. (9)

(9) Glissons, glissons... Il doit être pénible de constater qu'un simple praticien, qui ne peut même pas invoquer la sympathie de M. le Dr Balestre, obtienne un tel résultat.

Pendant ces sept jours, le Docteur Barnathan la suivit ; il la visita deux fois par jour pendant trois ou quatre jours ; les deux premiers jours, il fit deux injections intra-utérines par jour ; il n'en fit qu'une par jour, les jours suivants.

Quand Madame D..., fut rentrée chez elle, le Docteur Barnathan est encore allé la voir deux fois. Il n'y a pas de contestations sur la matérialité des faits que je viens d'exposer, sauf sur un point.

Monsieur le Docteur Scemama, après sa première tentative d'application de forceps, ayant déclaré qu'une intervention plus grave était indispensable, qu'elle était dangereuse, impossible au domicile de la malade, et qu'il était de toute nécessité de transporter celle-ci dans un milieu hospitalier, D... se serait refusé à ce qu'on transportât sa femme à l'hôpital civil, mais il aurait accepté qu'elle fût transportée dans une maison de santé, dans une clinique ; il nie qu'on lui ait proposé d'aller à l'hôpital.

Il semble bien cependant que la proposition a été faite ; les médecins, la sage-femme sont unanimes sur ce point et donnent à ce sujet des détails précis et concordants. Mais il me semble pas qu'on ait fait entrevoir à D..., toutes les conséquences de son choix. (10)

(10) La théorie de M. le Dr Balestre est de tous points originale. Désormais, tout docteur qui se respecte ne doit pas manquer de porter constamment sur lui la carte des prix de toutes les maisons de santé. Au risque d'étonner profondément l'expert que la justice m'a donné, j'avoue que je me souciai peu des prix exacts que pourraient demander les cliniques, convaincu qu'ils sont partout à Nice sensiblement les mêmes, sauf à l'hôpital de la Croix ; mais l'hôpital de la Croix ne reçoit pas de femmes en couches. J'ai dit à M. D... que les frais seraient élevés à la clinique ; mon confrère, M. le Dr Barnathan, et la sage-femme, Mlle Faraut, présents à l'entretien, en ont témoigné. Mon rôle n'était pas d'aller plus loin.

Maître Allongue fait remarquer qu'on a choisi la clinique la plus chère de Nice. (11)

(11) *Voir mon exposé.*

On se rend à la clinique Fosse. Là, avant de procéder à une nouvelle tentative, on envoie chercher de l'eau stérilisée, on aurait dû en trouver sur place ; il n'y en avait pas. (12)

(12) *C'est une erreur de l'expert. Je m'étais préoccupé d'avoir de l'eau stérilisée quand j'ai cru pouvoir délivrer la malade à son domicile ; mais à la maison de santé, je ne m'en suis plus soucié, et j'ai même ignoré, jusqu'au jour du procès, que l'eau stérilisée que j'avais employée à la clinique n'était pas celle qui avait été achetée par M. D... à la pharmacie.*

On court chez le pharmacien, non pas chez le plus voisin, mais à la pharmacie Nicolas, au coin de l'Avenue Notre-Dame et de la Rue Lépante, (13) où Monsieur

(13) *Voir dans mon exposé les motifs de cette conduite.*

Bagnol a fourni deux bidons d'eau stérilisée qui n'ont pas été employés.
Le pharmacien ne se souvient pas (14) s'il a fourni autre chose.

(14) *C'est à la réunion du 13 Décembre 1912 que l'expert a demandé par téléphone au pharmacien, devant moi, si, dans la nuit du 10 Août 1912 (quatre mois auparavant), il avait vendu à M. D... autre chose que les deux bidons d'eau. Mis donc en demeure de répondre séance tenante, le pharmacien a fait la seule réponse possible dans ce cas, en disant qu'il ne se souvenait pas. Mais M. D... a témoigné lui-même qu'il n'y a eu aucune autre dépense ni chez M. Bagnol ni chez un autre pharmacien. L'expert pouvait donc éviter l'emploi de cette phrase équivoque, et affirmer en toute sécurité qu'il n'y avait réellement eu que deux bidons d'eau achetés à la pharmacie.*

DISCUSSION

Tel est l'ensemble de faits dont j'élimine quelques détails qui n'ont pas d'importance pour le point de vue tout spécial que j'ai à apprécier.

Nous arrivons maintenant à la question des honoraires qui peuvent se rapporter à cet ensemble de circonstances.

D... ne conteste rien de ce que je viens d'exposer ; il fait remarquer seulement que la somme qu'on lui réclame, ajoutée à celles qu'il a déjà payées, sont hors de toute proportion avec ses ressources.

D... a déposé entre mes mains les quittances des sommes qu'il a payées à la clinique Sainte-Marguerite, et qui comprennent :

Cent quatre-vingts francs payés le seize août.

Cent francs payés le quinze.

Vingt-cinq francs pour solde, le deux novembre.

Total : Trois cent cinq francs pour sept jours, soit pour la pension et les frais accessoires, quarante-trois francs cinquante par jour. (15)

(15) *Qu'est-ce que ce genre de discussion ? Que m'importe ce qu'a pu toucher la clinique ? Je ne puis accepter qu'on confonde les intérêts des maisons de santé avec les honoraires des médecins. Et, en relevant avec tant d'insistance les sommes versées à M. Fosse, qu'a donc voulu M. le Dr Balestre ? A-t-il entendu insinuer que des commissions sont touchées par les docteurs ? Que n'a-t-il eu alors le courage de le dire clairement ? Si de pareilles insinuations pouvaient être formulées, elles seraient trop méprisables pour atteindre le corps médical, elles ne m'atteindraient pas davantage ; et je mets au défi, quant à moi, M. le Dr Balestre de relever un seul cas où une commission quelconque m'aurait été versée par une pharmacie, une clinique ou par qui que ce soit. Lorsque M. le Dr Balestre conclut, plus loin, que M. D..., ayant payé cher les services de M Fosse, n'avait plus à honorer ses docteurs, je le demande à tous mes confrères, à qui je soumets la question : Est-il admissible qu'un expert puisse raisonner de la sorte ?*

D... déclare qu'il a versé en plus :

1º Soixante-quinze francs à Monsieur le Docteur Barnathan, qui lui avait demandé cent cinquante francs pour honoraires.

2º Quinze francs à Mademoiselle Faraut qui en avait demandé vingt. (16)

(16) *Les sommes versées à M. le Dr Barnathan et à Mlle Faraut, sage-femme, concernaient des soins par eux donnés à Mme D... en dehors de moi ; M. le Dr Balestre n'avait pas à s'en occuper. L'expert, en effet, n'avait été désigné par le magistrat que pour vérifier uniquement la note d'honoraires collective que j'avais présentée relative à mes soins et à ceux en collaboration avec moi. (Voir mon exposé).*

3º Deux cents francs à Monsieur le Docteur Scemama. (17)

(17) *Sur cette somme, j'avais remis 100 francs à mon confrère M. le Dr Barnathan. (Voir mon exposé).*

Il a donc payé à ce jour pour frais de l'accouchement de sa femme : Cinq cent quatre-vingt-quinze francs dont trois cent cinq francs à la clinique et deux cent quatre-vingt-dix francs aux médecins.

En ce qui concerne la note de la clinique Sainte-Marguerite, je n'aurais pas explicitement à m'occuper du montant auquel elle s'élève, **(18)** si deux questions ne

(18) *C'est pourtant vrai.*

se soulevaient à propos de cette note.

Lorsque D... inquiet des sommes qu'on lui demandait à la clinique Sainte-Marguerite, faisait observer la modicité de ses moyens, Monsieur Parodi lui aurait répondu : « Comment voulez-vous que nous fassions ? nous sommes obligés de faire « payer cher en raison des commissions que nous donnons aux médecins. »

Monsieur Fosse s'étonne de ce propos ; il était absent de Nice au moment où les faits se sont passés, mais il ne croit pas que l'on ait pu dire pareille chose.

Monsieur Parodi se demande quelles paroles on a pu mal interpréter et nie avoir tenu le propos qu'on lui attribue.

D... maintient énergiquement que Parodi lui a donné cette explication de l'élévation de sa note. **(19)**

(19) *Comment M. le D* *Balestre a-t-il pu rapporter ces commérages de M. D... et s'en faire bienveillamment l'écho ? J'avoue, à ma honte, que je ne croyais pas que la mission d'un expert consistât à recueillir d'un plaideur récalcitrant les propos les plus odieux, absolument démentis par tout le monde, visant tout le corps médical de Nice, et à consigner de pareilles choses dans un Rapport qui a la prétention d'être sérieux.*

D'autre part, M* Allongue demande si on ne pouvait envoyer Madame D... dans une clinique à prix moins élevés, l'hôpital de la Croix, par exemple. **(20)**

(20) *L'hôpital de la Croix n'accepte pas les femmes en couches.*

Pour terminer ce qui regarde la clinique Sainte-Marguerite, je ne puis retenir le propos qui est attribué à Monsieur Parodi et qui est nié par l'intéressé.

Mais je remarque avec peine **(21)** que si de pareils propos avaient provoqué

(21) *Je me demande si vraiment les regrets exprimés par M. le D* *Balestre sont sincères, quand je constate qu'il consacre plusieurs pages de son Rapport à consigner complaisamment ces calomnies qu'il aurait dû repousser énergiquement, ou mieux encore mépriser.*

une vive et unanime incrédulité, on n'aurait pas pu les porter à une expertise.

Je regrette également qu'une clinique qui fait chèrement payer les services qu'elle rend, n'ait pas en permanence ce qu'il faut pour les secours d'urgence. **(22)**

(22) *J'avais trouvé de l'eau stérilisée à la clinique.*

On croit avoir besoin d'eau stérilisée, on va en chercher d'urgence, on va en chercher, on part en automobile. Va-t-on au pharmacien le plus voisin ? Non pas ; on va chez Monsieur Bagnol qui demeure assez loin, on passe sans s'y arrêter devant quatre ou cinq officines ; pourquoi ? Sans doute, un médecin a le droit d'avoir des préférences, mais en cas d'urgence, on les sacrifie. Je repousse les bruits qu'on veut me faire arriver, mais je constate avec peine que c'est par des imprudences de cette nature qu'on arrive à créer autour de certains médecins, de certains établissements, de certains pharmaciens, une ambiance de méfiance et de suspicion. (23)

(23) *Si M. le Dr Balestre avait bien voulu m'interroger sur ce point, je me serais fait un plaisir de lui expliquer ce que j'ai consigné dans mon exposé : Trois pharmacies seulement à Nice, tout au moins à ma connaissance, vendent des bidons d'eau stérilisée à l'autoclave, et celle de M. Bagnol n'était pas plus éloignée que les autres du domicile de la malade, au Ray, où je me trouvais. S'arrêter à toutes les pharmacies de passage, à dix heures du soir, c'eût été une perte de temps préjudiciable pour la parturiente. Et d'ailleurs, si vraiment j'avais voulu favoriser une pharmacie quelconque, j'aurais pu exiger, au lieu de les fournir moi-même gratuitement, comme j'en avais l'intention, les objets de pansements stérilisés et les médicaments nécessaires à l'accouchement, que je pensai à ce moment pouvoir pratiquer sur place. Je crois M. le Dr Balestre de bonne foi, et je lui pose la question : En vérité, est-ce là une conduite pouvant justifier les « méfiances et les suspicions ? »*

Et lorsque Me Allongue me demande s'il n'y avait pas des cliniques ou des établissements, où les soins nécessaires auraient pu être donnés à moindres frais, je dis que, sans parler de l'hôpital où l'assistance eût été gratuite, il était facile de transporter la malade dans un établissement de prix plus abordable. (24) et où elle

(24) *Lequel? Je doute fort que M. le Dr Balestre, qui, durant tout son travail, dont le but est une discussion d'honoraires, ne fait que rapporter les racontars injurieux de M. D..., puisse indiquer une seule clinique à prix réduits recevant les femmes en couches.*

aurait cependant trouvé tout le nécessaire.

Arrivons à la question des honoraires des médecins : Mademoiselle Faraut a demandé vingt francs pour son assistance ; elle en a accepté quinze; elle avait vu la pauvreté du ménage D...; elle en avait eu pitié. Elle n'a pas cru devoir persister dans ce sentiment. En effet, elle a déclaré le treize décembre, que la somme de quinze francs qu'elle avait acceptée, représentait les honoraires de son assistance du neuf août et de la nuit du neuf au dix, mais que cette somme ne comprenait pas les honoraires de son assistance à l'intervention. Pourquoi alors, ne l'a-t-elle pas dit à D... quand elle lui a demandé son salaire ? La réserve qu'elle aurait faite à ce moment, quoique sortant des habitudes, aurait été admissible; formulée plus tard, elle devient suspecte. Je dois faire observer d'ailleurs que Mademoiselle Faraut est venue à la réunion du treize décembre sans que je l'eusse convoquée, (25) et il m'a

(25) M. le Dr Balestre m'avait chargé par sa lettre du 9 Décembre 1912 de convoquer moi-même MM. les Docteurs Barnathan, Malaussène et de Giovanni à la réunion du 13 Décembre. Ayant donc été chargé de convoquer mes collaborateurs, et ne pouvant pas supposer que l'expert avait intentionnellement omis Mlle Faraut, j'avais cru à un simple oubli, et j'avais prié cette dernière de se rendre également au cabinet de M. le Dr Balestre.

été dit que, pendant la séance, m'étant absenté une minute pour reconduire Monsieur l'avocat Foignet qui se retirait, D... a entendu Monsieur Scemama et Monsieur Fosse endoctriner vivement la sage-femme pour lui dicter sa déposition.

Je ne puis me rendre garant du fait. (26)

(26) Cette phrase juge le procédé de M. le Dr Balestre. De deux choses l'une, en effet : Ou bien l'expert devait s'assurer de l'exactitude des allégations mensongères de M. D..., et cela lui était facile, M. Fosse était présent, j'étais moi-même en face de M. D..., la contradiction eut été possible ; ou bien alors l'expert devait repousser cette calomnie nouvelle, et ne pas la consigner dans son Rapport.

Je retiens seulement qu'il y a quelque chose de louche dans les prétentions nouvelles de Mademoiselle Faraut, prétentions qui, en elles-mêmes, ne sont pas excessives, mais qui se produisent bien tardivement pour paraître tout à fait spontanées.

Monsieur Barnathan a demandé cent cinquante francs et obtenu soixante-quinze francs pour son assistance qui a consisté en ceci :

Le neuf août dans la soirée, il est intervenu pour terminer l'accouchement, il a assisté pendant la nuit et jusqu'aux premières heures de la matinée aux consultations et aux tentatives de Monsieur Scemama et de Monsieur Ad. Malaussène; il a assisté à l'opération ; dans les jours qui ont suivi, il a fait une dizaine de visites et une dizaine d'injections intra-utérines. (27)

(27) La note d'honoraires de M. le Dr Barnathan ne comprenait pas les soins donnés en collaboration avec moi. (Voir mon exposé).

Monsieur le Docteur Adrien Malaussène n'a envoyé aucune note d'honoraires ; peut-être comptait-il que, suivant un usage assez courant, Monsieur Scemama comprendrait ses honoraires dans sa propre note ; peut-être a-t-il pensé qu'il conviendrait de s'abstenir. (28)

(28) *Si M. le Dr Balestre avait voulu s'éclairer sur la portée exacte du silence de M. le Dr Malaussène, il lui eût été facile, au lieu de se livrer à des suppositions oiseuses, de demander à notre confrère la raison pour laquelle il n'avait pas envoyé sa note, et celui-ci lui aurait immanquablement répondu ce qu'il m'a dit à moi-même, à savoir que, suivant un usage constant, il me chargeait du soin des honoraires.*

Je n'ai pas à juger ses intentions qui peuvent être très honorables.

Quant à Monsieur le Docteur de Giovanni, non seulement il n'a envoyé aucune note d'honoraires, mais il m'a déclaré qu'il avait pour principe de ne recevoir de rémunération que des personnes aisées, et qu'en l'espèce, il n'accepterait rien. (29)

(29) *M. le Dr de Giovanni n'a pas envoyé de note d'honoraires, sachant que j'avais réclamé des honoraires pour lui. Je ne saurais cependant en vouloir à mon confrère de ne pas avoir osé s'attirer l'inimitié d'un homme aussi puissant que M. le Dr Balestre.*

Monsieur Scemama a touché deux cents francs, il réclame encore six cents francs qu'il répartit entre lui et ses aides de la manière suivante :

A Monsieur de Giovanni pour la chloroformisation 50
A Mademoiselle Faraut 50
A Monsieur le Docteur Adrien Malaussène 100
A Monsieur le Docteur Barnathan 200
A lui-même 200

qui s'ajoutant aux deux cents francs qu'il a reçus, portent ses honoraires personnels à quatre cents francs. (30)

(30) *Voir mon exposé.*

De ce projet de répartition, il faut d'abord éliminer Monsieur de Giovanni, qui, ne demandant rien, entend ne pas être mêlé à ce débat.

Pour le reste, les interventions sus-mentionnées sont-elles toutes justifiées ?

La sage-femme s'est conduite avec prudence en appelant un médecin ; elle ne pouvait pas prévoir peut-être toutes les difficultés qui allaient se rencontrer ; elle fait demander un Docteur ; on va au plus voisin, tout ceci est très naturel. Monsieur Barnathan voit que l'affaire est sérieuse, il appelle Monsieur Scemama ; celui-ci appelle Monsieur Ad. Malaussène, qui, au moins, est à la tête du service chirurgical d'un hôpital ; Monsieur Barnathan aurait pu commencer par là et appeler tout de suite un confrère dont la situation et l'expérience lui auraient assuré un secours efficace. (31) Il a cru bien faire en appelant Monsieur Scemama, peut-être n'avait-il

(31) Voilà un reproche pour le moins inattendu : Pratiquer une basiotripsie nécessaire, très laborieuse par suite du volume excessif et de l'ossification de la tête fœtale, dans des circonstances particulièrement graves, obtenir une guérison complète en sept jours, cela pour M. le D Balestre ne s'appelle pas porter un « secours efficace ». Que lui aurait-il donc fallu ?*

pas une connaissance suffisante du corps médical de Nice ; je n'insiste pas sur ce reproche très véniel ; mais alors, à deux médecins et une sage-femme, ils auraient dû se tirer d'affaire. (32)

(32) Je me suis expliqué, dans mon exposé, sur la nécessité d'avoir, pour une opération de cette importance, un confrère comme assistant direct, et un confrère pour l'anesthésie.

Tous les jours, dans les localités isolées, le médecin réduit à lui seul, est obligé de triompher de difficultés aussi grandes ; (33) les médecins qui entouraient

(33) Tous les jours, heureusement, les médecins n'ont pas à intervenir pour extraire des fœtus pesant près de 7 kilos.

Madame D... avaient à leur disposition les ressources matérielles et le personnel instruit d'une clinique; ils n'avaient donc besoin de personne et ils pouvaient se passer de ce luxe de consultations, qui peut être de mise chez les riches, mais qui est déplacé chez les pauvres gens, à moins que, ce qui arrive plus souvent qu'on ne le croit, la charité des confrères ne supprime tout embarras sur ce point.
Mais en l'espèce, ce n'est pas le cas, du moins pour tous.
Au moment où on s'est décidé à opérer, il était inutile d'appeler un nouveau médecin pour donner le chloroforme; Monsieur Barnathan pouvait se charger de ce soin ; la sage-femme suffisait pour le rôle d'aide. (34)

(34) J'aurais voulu voir, dans une opération de cette nature, M. le D Balestre n'ayant pas un confrère comme aide direct.*

En obstétrique, le champ opératoire n'est pas vaste et les seules mains de l'accoucheuse interviennent. (35)

(35) M. le D Balestre semble confondre deux choses bien distinctes : l'accouchement normal d'une part et la basiotripsie de l'autre.*

Le personnel infirmier suffisait pour les soins secondaires.
Reste à apprécier le montant des honoraires.
En cette matière, plusieurs éléments d'appréciation entrent en jeu.

Un prix déterminé n'est pas en regard de chaque opération chirurgicale ; ce prix varie suivant celui qui pratique l'opération et surtout suivant celui qui la subit; le même chirurgien qui la fait payer cent mille francs à un milliardaire, le même jour, la fait pour rien à un pauvre.

D. . vit de son métier de laitier et c'est un modeste de la profession; il subvient aux besoins de sa femme et de ses enfants; ils sont huit à vivre sur le bénéfice qu'il peut tirer de son métier; s'il s'élève au-dessus de la définition légale du citoyen qui a droit à l'assistance, c'est de bien peu. (36)

(36) *Voir sur ce point mon exposé.*

Les tarifs divers applicables aux accidents du travail et notamment l'arrêté ministériel du huit octobre mil neuf cent cinq, le tarif ouvrier des syndicats médicaux, le tarif adopté par certains préfets (Loir-et-Cher) pour le service d'assistance, sans donner une base incontestable à une appréciation de l'espèce, donnent pourtant une indication qui a sa valeur. Dans le tarif le plus cher, une basiotripsie est tarifée deux cents francs ; le prix de la visite, dans les villes comparables à Nice, comme à Paris, est de deux francs 50 ; le prix d'une consultation est celui de quatre visites tant pour le médecin traitant que pour le médecin appelé en consultation.

Le prix de la visite est triple pendant la nuit ; le prix d'un pansement utérin est celui de trois visites.

Les sommes versées par D..., aux médecins qui ont soigné sa femme ne sont pas éloignées de celles qui résulteraient de l'application de ce tarif.

On ne pourrait être tenté de les augmenter que si le Docteur Seemama avait apporté plus de prudence dans l'emploi des deniers du patient, et cette considération ne peut pas être négligée par l'expert. (37)

(37) *M. le Dr Balestre entend confondre les intérêts des maisons de santé et les honoraires des médecins. Je me suis déjà expliqué sur ce point.*

Je termine donc par les conclusions suivantes :

CONCLUSIONS (38)

(38) *Je ne ferai, sous les conclusions, aucune annotation. Au cours du Rapport j'ai réfuté, d'une manière que je crois absolue, toutes les assertions de M. le Dr Balestre.*

1° C'est à tort que le Docteur Seemama a conduit la Dame D..., dont il ne pouvait méconnaître la situation de fortune très médiocre, très voisine de la pauvreté, dans une clinique dont il n'ignorait pas les prix ordinaires.

La malade pouvait être conduite, sinon dans un hôpital public, du moins dans une clinique ou une maison de santé comme il n'en manque pas à Nice, et où elle aurait trouvé les soins nécessaires à un prix proportionné à ses moyens.

2° Le Docteur Seemama, le Docteur Barnathan et Mademoiselle Faraut, aidés du personnel infirmier d'une clinique, suffisaient pour terminer l'accouchement de la Dame D...

3° La somme totale de cinq cent quatre-vingt-quinze francs déboursée par D... est déjà au-dessus de ses moyens.

4° J'estime qu'en donnant deux cent quatre-vingt-dix francs aux médecins qui ont soigné sa femme, D... a accompli son devoir dans toute l'étendue que lui permet la médiocrité de sa condition.

Fait à Nice, le trente janvier mil neuf cent treize.

Signé : D' BALESTRE.

Honoraires de l'Expert :

Timbre	3.60
Enregistrement	3.75
Frais de dépôt	6.20
Audition des parties et rédaction du rapport	100
TOTAL	113.55

Signé : D' BALESTRE.

Enregistré à Nice, le cinq février mil neuf cent treize.

Folio : Vingt.

Case : Trois cent neuf.

Reçu : Trois francs 75 centimes, décimes compris.

LE RECEVEUR,

Signé : ROVERY.

Pour expédition conforme :

LE GREFFIER,

Signé : ILLISIBLE.

Nous, soussignés, ayant pris connaissance du rapport de M. le Docteur A. Balestre, du 30 Janvier 1913, et des annotations qui l'accompagnent, déclarons qu'en ce qui nous concerne, les faits présentés par Monsieur le Docteur Scemama dans son exposé, sont l'expression de la plus scrupuleuse vérité. Nous l'autorisons à publier tous les documents de la cause, et s'il le juge bon le présent écrit.

Signé : D' A. MALAUSSÈNE, 1, Rue Foncet.

Signé : D' BARNATHAN, 24, Avenue Malausséna.

Signé : BAGNOL, Pharmacien, 10, Avenue Notre-Dame.

Signé : FARAUT, Sage-femme, 9, Rue d'Amérique.

Signé : FOSSE, Clinique S'*-Marguerite, 2, Rue Mantéga.

Signé : PARODI, Clinique S'*-Marguerite, 2, Rue Mantéga.

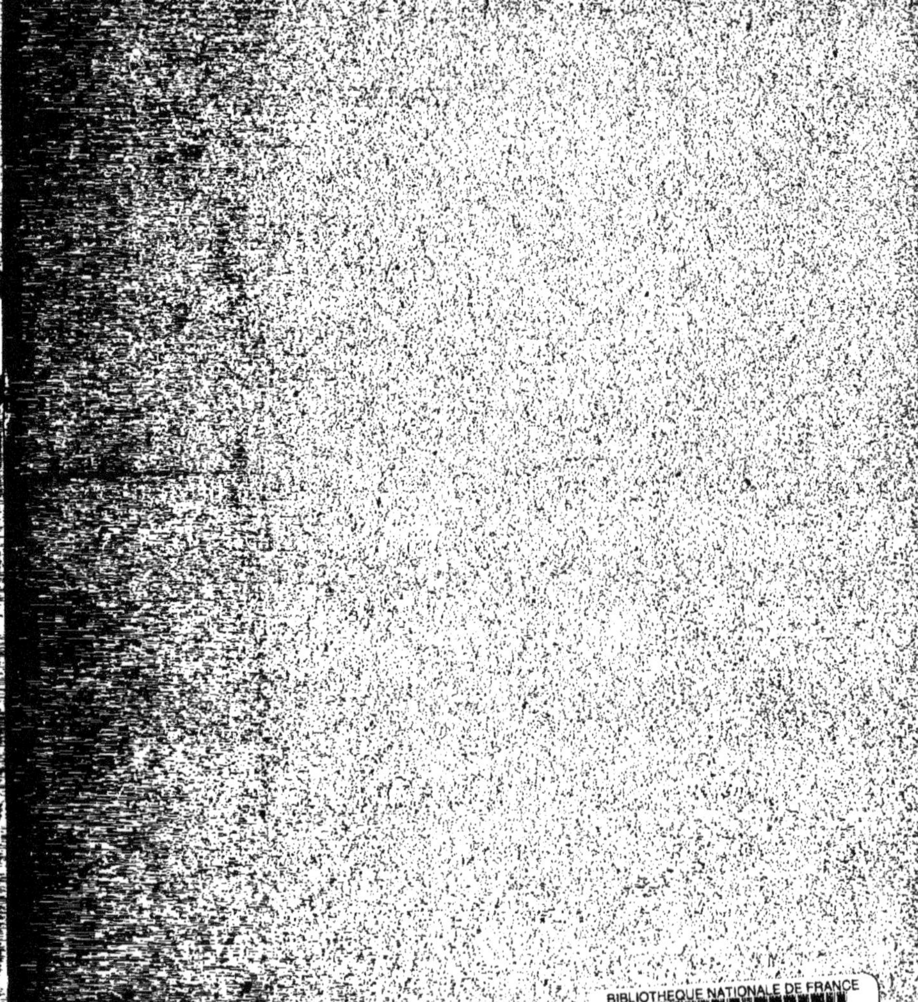